AF368000

JOAN DE DÉU PRATS

LOS CASOS DEL INSPECTOR HORMIGA

Colección «URSA MAIOR»

LOS CASOS DEL INSPECTOR HORMIGA
1.ª edición, abril de 2006.

© *Copyright* 2006, Joan de Déu Prats
© *Copyright* de esta edición: ICG Marge, SL
© *Copyright* de las ilustraciones: Dani Giménez

Edita
ICG Marge, SL
Valencia, 558, ático 2.ª
08026 Barcelona (España)
Tel. +34-932 449 130
Fax +34-932 310 865
www.marge.es

Director editorial
David Soler

Coordinación editorial
Laura Matos

Diseño cubierta
Héctor Soler

Impresión
Cargraphics
L'Hospitalet del Llobregat

ISBN: 84-86684-50-1
Depósito Legal: B-

JOAN DE DÉU PRATS

LOS CASOS DEL INSPECTOR HORMIGA

Ilustraciones: Dani Giménez

EL CASO DE LA JALEA REAL ROBADA

EL coleóptero de la policía me dejó en el lugar de los hechos: un parterre. El jardinero había provocado una catástrofe al segar la hierba mientras los insectos hacían la siesta. Había muchos heridos y la Cruz Roja de los Invertebrados estaba auxiliándolos.

Por suerte sólo hubo una víctima mortal: un escarabajo pelotero. Sin embargo, el escarabajo no había muerto por culpa de la segadora del jardinero. Aprovechando el desconcierto, alguien lo había asesinado, pues tenía clavado un aguijón de abeja...

Eso restringía los sospechosos a los habitantes de la colmena.

Me acaricié una antena mientras sopesaba los hechos. Era curioso, el día anterior me había llamado la reina de la colmena para denunciar el robo de la jalea real. Y el escarabajo pelotero asesinado trabajaba de basurero en la colmena... ¿Estaría relacionado el hurto de la jalea con el homicidio del escarabajo...?

Metí el aguijón en una bolsa de plástico y me desplacé hasta el cuerpo de guardia de la colmena.

De repente llegó una abeja soldado tras hacer su ronda de vigilancia. Me fijé en su armamento: ¡no llevaba el aguijón! Era sumamente extraño que hiciera la ronda desarmada, de manera que le probé el aguijón que llevaba en la bolsa de plástico y ¡le encajó!

Era su aguijón. Y ante ese hecho incuestionable acabó confesando que la noche anterior se lo habían robado mientras dormía durante su ronda de guardia. Y que no lo había denunciado por temor a las represalias.

Eso era difícil de creer. Además, después de preguntar al jefe de guardia, un abejorro con mostacho, comprobé que cuando asesinaron al escarabajo pelotero, la abeja no estaba en la colmena, sino en su ronda de guardia, por lo que le había sido fácil desplazarse hasta el parterre.

Interrogué al resto de la guardia y después pregunté por los alrededores de la colmena, pero ningún insecto se había tropezado con la abeja soldado... ¡En consecuencia no tenía coartada alguna!

La abeja fue detenida.

Sin embargo, ya en mi oficina del hormiguero comprendí que las cosas no encajaban del todo. No conseguía descubrir el móvil, el motivo por el cual la abeja había matado al escarabajo.

Entonces me acordé de que junto al cadáver del escarabajo no había aparecido la gran bola de estiércol que siempre llevan consigo tales insectos.

Volví a la colmena con una orden de registro y, finalmente, en una celdilla hallé unas pequeñas manchas. No fue necesario analizarlas: se trataba de estiércol.

Tardé poco en averiguar quién vivía en esa celdilla: un zángano con antecedentes penales. Fue detenido mientras revoloteaba distraído cerca de unos cerezos en flor y, tras ser interrogado, confesó.

El escarabajo pelotero, basurero de la colmena, había robado la jalea real y la había escondido dentro de la pelota.

El zángano, casualmente, lo vio y esperó su oportunidad.

Tras la catástrofe del parterre con la segadora, el zángano, aprovechando el desconcierto, mató al escarabajo con el aguijón que le había robado a la abeja soldado mientras dormía durante su turno de guardia.

Una vez liquidado el escarabajo, el criminal robó la pelota.

De esa manera, el zángano quería hacer recaer las sospechas del asesinato del escarabajo sobre la abeja soldado.

Hundido, el zángano no tardó en confesar dónde escondía la jalea real. Me condujo hasta el hueco de un árbol, donde la recuperé. Le leí sus derechos y lo mandé a chirona a zanganear por una buena temporada. Caso cerrado.

EL CASO DEL CIEMPIÉS SECUESTRADO

Estaba sentado en mi despacho del hormiguero cuando de pronto me zumbaron las antenas. Era una llamada reclamando mis servicios: habían secuestrado a un ciempiés.

Me presenté inmediatamente en el cabaret donde bailaba claqué el secuestrado. La mariquita que regentaba el local era quien me había llamado. Estremecida de miedo me mostró una caja de cartón. Dentro se encontraba una de las patas del ciempiés. Los secuestradores se la habían enviado como señal de que el secuestro iba en serio.

No me entretuve mucho más en aquel tugurio y me desplacé hasta el domicilio del ciempiés. Lo registré a conciencia y en el suelo del dormitorio encontré un montoncito de serrín. Sonreí satisfecho. Aquel hallazgo me hizo sospechar que tras aquel asunto estaba metida la banda de las termitas.

Sin embargo, la sonrisa se me desvaneció de pronto. Las termitas, como recordé, fueron detenidas hacía poco, después de asaltar a mano armada una serrería.

Proseguí vaciando cajones en el domicilio del ciempiés convencido de que en algún lugar del piso hallaría la pista correcta. Registré su armario y me sorprendió un hecho extraño. Por ningún lugar aparecían sus zapatos de baile. Y un ciempiés artista suele usar doscientos zapatos de claqué para su trabajo. Ni rastro. ¿Dónde estaban sus zapatos? Eso me dio la clave...

Visité a todos los zapateros que confeccionaban zapatos de claqué hasta que descubrí otro montoncito de serrín en el suelo de una de las tiendas.

Inmediatamente encañoné al propietario: un pulgón gordo y seboso. Bajé al sótano de la trastienda y, efectivamente, hallé al ciempiés amordazado, como había supuesto.

El pulgón no tuvo más remedio que confesar. Se había presentado en casa del ciempiés para cobrar los zapatos confeccionados, que sumaban una buena cantidad. Pero el ciempiés estaba arruinado porque malgastaba todo lo que ganaba actuando, y no se los podía pagar.

Entonces el zapatero decidió vengarse. Contrató a un gusano de la carcoma de los bajos fondos para que lo secuestrara. Después envió una pata del ciempiés a la mariquita del cabaret con una nota de rescate.

El pulgón zapatero estaba seguro de que la mariquita pagaría el dinero, puesto que el ciempiés era la máxima atracción del local, y ella no querría perder clientes.

Pero fue traicionado por su avaricia al ordenar al

gusano de la carcoma que le llevase a la tienda todos los zapatos del ciempiés que no había cobrado.

El gusano, poco profesional, había dejado una evidente tarjeta de visita en el domicilio del artista: el serrín, que también encontré en la tienda del zapatero.

El gusano de la carcoma, corto de entendederas, no tardó en caer en mis manos. Hice publicar una falsa noticia en la prensa conforme la mariquita ya había pagado el rescate a los secuestradores.

Al día siguiente, el gusano se presentó en la zapatería del pulgón para cobrar su parte y fue apresado. Caso cerrado.

EL CASO DE LOS INSECTOS SIN CABEZA

EL pánico se había apoderado de la ciudad. En los últimos tiempos habían aparecido sin vida en sus domicilios tres saltamontes y una cigarra. Lo más inquietante del caso era que todos fueron hallados con las cabezas separadas del tronco.

¿Se trataba de algún ritual perpetrado por una secta satánica de arácnidos? ¿O me hallaba ante un típico crimen pasional?

Parecía tratarse de lo segundo, pues todo apuntaba hacia un único sospechoso: una mantis religiosa. Como es sabido, dichos insectos devoran las cabezas de sus novios durante el galanteo.

Mandé una brigada de hormigas para que interrogaran a las mantis que vivían en la ciudad. Sin embargo, todas tenían buenas coartadas.

Mientras estaba en la peluquería —necesitaba un buen recorte de antenas porque ya me habían crecido demasiado—, hojeé una revista y en la sección de anuncios por palabras leí uno que me llamó la atención: «Mantis religiosa guapa desearía conocer a insectos jóvenes para relación amorosa seria».

Salí de la peluquería a medio corte e, inmediatamente, organicé un plan.

El teléfono del anuncio por palabras correspondía a un pueblo pequeño. Llamé, concerté una cita y, el día convenido, me disfracé de atractivo saltamontes y acudí al discreto café donde nos habíamos citado.

Seductora, la mantis me esperaba con sus largas patas posteriores cruzadas. Tomé un repulsivo zumo de césped para no despertar demasiadas sospechas y, tras charlar un rato animadamente, decidimos ir a mi casa.

Una vez llegamos, antes de besarnos apagué la luz para que no descubriera mi disfraz de saltamontes y pasamos una noche muy apasionada.

Precavidamente, yo había dejado mi arma bajo la almohada...

Por suerte para mí, a la mañana siguiente todavía conservaba la cabeza sobre los hombros.

Mientras desayunábamos, la mantis me comentó que estaba desolada. Vivía en un pueblo pequeño donde no quedaban insectos jóvenes. De manera que puso el anuncio por palabras. Estaba buscando un compañero sentimental porque quería formar una familia, pero los últimos cuatro insectos que había conocido habían muerto horriblemente en extrañas circunstancias. Y, cariñosa, me pasó una pinza por la mejilla y me rogó que tuviese cuidado.

Poco después abandonamos el apartamento y yo le mentí, prometiéndole que la volvería a llamar.

Era temprano, las calles estaban prácticamente

vacías. Mientras buscaba una avispa-taxi que me llevara al hormiguero, se precipitó de repente sobre mí un escorpión.

Apuntándome con su aguijón, me obligó a retroceder sobre mis pasos hasta hacerme volver al apartamento.

Entonces avanzó hacia mí hasta acorralarme en el dormitorio. Allí se disponía a cortarme la cabeza con sus afiladas pinzas cuando, de un rápido movimiento, saqué el arma que había ocultado bajo la almohada y disparé.

El escorpión quedó atontado sobre la alfombra. Su cuerpo acorazado le había salvado de convertirse en fiambre.

Cuando llegó el furgón policial, ya había interrogado al escorpión y lo había confesado todo.

El crustáceo había leído el anuncio por palabras

de la mantis religiosa. Se habían citado, pero la mantis lo había despreciado por su torpeza —con sus grandes pinzas y enorme cola lo derribaba todo— y, para más inri, además era gangoso.

Despechado, el escorpión tramó una venganza. Se las ingenió para pinchar el teléfono a la mantis y, así, poder saber con quién se citaba.

En consecuencia, cuando la mantis religiosa conocía a otro insecto, el escorpión sabía dónde encontrarlos. Entonces los vigilaba y, a la más mínima oportunidad, entraba en el apartamento del nuevo amor de la mantis y, corroído por los celos, le separaba la cabeza con las pinzas.

Efectivamente, como yo había supuesto, se trataba de un crimen pasional. Caso cerrado.

EL CASO DEL ASESINO DE POLILLAS

UNA serie de crímenes escalofriantes volvieron a conmover a la ciudad. En las portadas de los periódicos sólo se leía: «EL ASESINO DE POLILLAS VUELVE A LAS ANDADAS».

Había cundido tanto el pánico que todos los insectos revoloteadores, cuando anochecía, se encerraban en casa con dos vueltas de llave.

Lo más extraordinario del caso era que el asesino de polillas sólo actuaba cuando la ciudad quedaba a oscuras por culpa de un apagón.

El primer crimen se produjo cuando una tormenta dejó sin luz la ciudad. En esa ocasión apareció el cuerpo sin vida de una polilla con las antenas desfiguradas.

Los siguientes apagones fueron obra de sabotajes. Mientras la ciudad estaba sumida en la oscuridad, el asesino dejó su firma en los cuerpos de nuevas víctimas.

«Esa coincidencia no podía ser gratuita», pensé. El saboteador y el asesino tenían que ser el mismo insecto.

En un nuevo apagón se encontraron sólo las

alas de la víctima; el resto del cuerpo fue hallado posteriormente en bolsas de basura metidas en un contenedor.

Durante otro corte de luz, para reconocer el cadáver de la nueva polilla asesinada, tuvimos que contratar a un experto en rompecabezas.

Aquel tipo de crímenes gratuitos —las víctimas nunca fueron robadas— indicaba que se trataba de la obra de alguien que había perdido la chaveta.

Pero no obtuve una pista hasta que una polilla se salvó milagrosamente cuando iba a ser atacada.

Aún bajo los efectos del *shock* la interrogué, pero lo único que pudo recordar fue que vio una luz, en medio de la oscuridad, que la cegó.

Afortunadamente, la corriente eléctrica volvió de súbito, antes de que el agresor pudiera actuar. Cuando la polilla, aún cegada, notó un cuerpo que se abalanzaba sobre ella, logró escapar revoloteando.

Volví al callejón donde sucedieron los hechos y, tras un minucioso registro, encontré, en un rincón, un rastro de baba de caracol.

Quizá se trataba de un caracol que estaba mal de la azotea, pensé. Así que llamé al hospital psiquiátrico y ¡bingo!, me confirmaron que una babosa esquizofrénica hacía ya tiempo que se había escapado.

No tardé mucho en localizarla en una tienda de sombreros, donde se estaba probando uno de Napoleón.

A continuación preparé una rueda de reconocimiento. Con un poco de suerte, la polilla que había sobrevivido la reconocería.

Coloqué a la babosa entre un piojo carterista y un insecto palo ratero. Pero la polilla no pudo identificar a su agresor.

Por si eso fuera poco, días después se produjo otro apagón y, por la mañana, hallaron a una polilla estrangulada.

Devolví la babosa al psiquiátrico y repasé los hechos una y otra vez hasta que caí en la cuenta, ¡era evidente que las polillas son atraídas por la luz!

El asesino producía el apagón y entonces atraía a sus víctimas con alguna luz extraña.

Até cabos rápidamente y me desplacé hasta la compañía eléctrica. Allí pregunté cuántos insectos no pagaban recibo de la luz. Y, tras consultar en el ordenador, me aseguraron que solamente había uno, porque no le hacía ninguna falta. Fui a su domicilio y arresté a su inquilina.

La polilla, al ver al detenido, la reconoció inmediatamente como el homicida. Todo era sumamente sencillo. El asesino era... ¡una luciérnaga chalada! Caso cerrado.

EL CASO DEL LA ARAÑA TRAPECISTA

HABÍA acudido a un tugurio, el Artropodo's Pub, un garito frecuentado por arácnidos circenses. Iba tras la pista de una araña que se hacía pasar por trapecista y, al menor descuido, cambiaba la red de los acróbatas por su telaraña, y cuando alguno caía, quedaba pegado y se lo comía.

De súbito sonó el móvil que acababa de comprar —estaba resfriado y no podía recibir llamadas directamente por las antenas—. Un transporte público se había salido de la calzada y había chocado con un muro.

No entendí por qué precisaban de mi ayuda para un accidente de tráfico, pero acudí.

Cuando llegué, el transporte —un chucho de la compañía municipal— seguía sin conocimiento, con un chichón en la cabeza, junto a un muro de hormigón.

El conductor del chucho, una garrapata gorda y con barba mal afeitada, me contó, aún nervioso, que de repente el perro no respondió a su conducción y se lanzó contra el muro.

Ordené que le hicieran la prueba de la alcoholemia a la garrapata, pero dio negativo.

La consecuencia del accidente era treinta pulgas heridas, ninguna de gravedad, por suerte.

Sin embargo, todas ellas habían sido robadas inmediatamente después del accidente, mientras estaban bajo los efectos del *shock* o permanecían inconscientes.

Otra vez la banda de la Escolopendra, me dije, cuya especialidad eran los asaltos en carretera.

Inspeccioné la calzada y hallé la explicación del accidente: una piel de plátano estratégicamente colocada. Ese hecho descartaba a la temible banda de la Escolopendra, ya que nunca utilizaban el método del resbalón.

Y precisamente ése fue el método utilizado por el delincuente para desviar al chucho de la calzada.

Lo más extraño del caso era que el criminal no había dejado ni una sola huella, ni una sola pisada...

En el hospital, interrogué una por una a las víctimas, pero nadie, en el desconcierto posterior al accidente, había logrado ver nada.

De manera que volví al lugar del suceso y lo examiné con más atención. Entonces reparé en la rama de árbol que colgaba encima del muro. Tuve una intuición. Me encaramé a ella y, efectivamente, hallé lo que buscaba.

Al día siguiente preparé un minucioso plan y volví al Artropodo's Pub. Allí comenté distraídamente en diferentes mesas que era trapecista y que estaba buscando trabajo. Los arácnidos me ignoraron por completo, pero cuando salí del local me percaté de que alguien me pisaba los talones...

Precisamente cuando cruzaba una calle estrecha y oscura, unos pasos se precipitaron sobre mí. Entonces prendí un encendedor a modo de señal y dos agentes que tenía apostados en la azotea lanzaron una red que cayó sobre la araña negra y peluda que pretendía atacarme.

Las deducciones que me llevaron a atrapar al culpable eran sencillas. Había hallado un hilo de araña olvidado en la rama del árbol bajo el cual se produjo el accidente de carretera.

El arácnido, descolgándose por aquel hilo, había conseguido robar a las pulgas desde el aire, ¡sin ser visto!

Mandé analizar el hilo en el laboratorio y tenía exactamente la misma composición que la falsa red de circo donde quedaban atrapados los trapecistas.

En consecuencia, la araña que robó a las pulgas y la que se comía insectos de circo era la misma.

Su glotonería por zamparse acróbatas delató a aquella araña que también asaltaba en los caminos. Caso cerrado.

EL CASO DE LA MOSCA DROGADICTA

ESTABA viendo *La marabunta*, película donde había trabajado de joven como extra, cuando me sonaron las antenas. Me llamaban de comisaría para examinar el cadáver de una mosca. Así que acudí al sucio callejón donde se hallaba el fiambre.

La víctima no estaba aplastada, por lo que el arma homicida no pudo ser una pala matamoscas. Ni le habían succionado la pulpa: eso descartaba a las arañas. Tampoco estaba carbonizada, lo que dejaba fuera de sospecha a los tenderos, quienes cuelgan en sus negocios luces de neón de color lila que las achicharran.

Iban a llevarse a la mosca para practicarle la autopsia cuando me percaté de que tenía restos de polvo blanco en la punta de la trompa.

Mandé analizarlo y efectivamente se confirmó lo que sospechaba. La mosca estaba enganchada al azúcar. Su adicción la llevó a la muerte por una dosis adulterada. El azúcar estaba mezclado con sacarina, y tal mezcla resultaba mortal para esos insectos.

En el transcurso de los días siguientes, otras diez moscas y un moscardón perecieron por droga adulterada.

Realizamos unas cuantas redadas y detuvimos a los traficantes de azúcar más importantes de la ciudad.

Sin embargo, todos ellos salieron pronto de chirona bajo fianza, pues no disponía de prueba alguna que los incriminara directamente con las muertes de las moscas.

Luego limpiamos la ciudad de camellos y otros pequeños traficantes y, por último, realizamos batidas en los garitos y tugurios donde sabíamos que los clientes conseguían sus dosis de azúcar.

En ninguno de ellos hallamos nada. Pero en el último que registramos vi algo a lo que en ese momento no le di importancia: una funda de plástico de una jeringuilla, tirada en la papelera.

Ese garito lo regentaba un moscón de ojos compuestos muy saltones que no paraba de frotarse las manos.

Le estaba dando vueltas al asunto en mi oficina del hormiguero cuando, de repente, tuve una corazonada y salí de immediato a la calle.

Pregunté en los bajos fondos después de untar con billetes algunas manos y finalmente me enteré de dos cosas.

La primera: al moscón, propietario de aquel garito, no le iban bien los negocios. Y la segunda: era diabético.

Ambas cosas parecían no tener ninguna relación, pero yo saqué mis conclusiones.

Pedí una orden al juez para registrar su casa, que era una boñiga de vaca. Y allí escondido hallé un buen alijo de sacarina y jeringuillas usadas.

El asunto estaba claro. El moscón se había vuelto diabético de chutarse tanto azúcar con su trompa.

A partir de ese momento, tomaba dosis de sacarina como sucedáneo. Con ella también adulteraba el azúcar que vendía clandestinamente a sus clientes para obtener un mayor beneficio.

Lo que no sabía el traficante era que esa mezcla resultaba letal para las moscas. El moscón zumbó enfurecido mientras lo detenían. Caso cerrado.

EL CASO DEL SALTAMONTES TIROTEADO

E L alcalde, un saltamontes muy popular en la ciudad, había desaparecido.

El insólito caso había sucedido cuando el político presidía el desfile anual de los Invertebrados. Iba de pie, en su coche oficial descapotable cuando, de repente, ya no estaba allí. Un momento antes saludaba al público y unos instantes después se había volatilizado.

Y nadie, ni siquiera los guardaespaldas, habían logrado ver nada.

Temiendo que se tratase de un atentado, se colocaron controles en los accesos y salidas de la ciudad. Pero de momento no habían dado resultado.

Todo el mundo andaba desconcertado, por lo que decidieron que yo tomase las riendas de la investigación.

La calle estaba acordonada cuando llegué al lugar de los hechos. Me acerqué al coche del alcalde y examiné su interior meticulosamente.

«Lo que sospechaba», pensé al descubrir restos de saliva en el asiento posterior del automóvil.

Eso demostraba que lo ocurrido sólo podía ser obra de un francotirador. El más letal de los francotiradores: un camaleón.

Observé la trayectoria de la saliva encontrada en el asiento para comprobar desde dónde se había proyectado la lengua.

Miré hacia arriba y descubrí una azotea que parecía idónea para disparar contra el alcalde.

Subí hasta ella y encontré unas escamas verdes y la prueba definitiva: las gafas del alcalde aplastadas.

Hice llevar muestras de la saliva y de las escamas al laboratorio y, efectivamente, resultaron ser de camaleón... Pero la pregunta era ¿quién había pagado al francotirador para disparar su pegajosa lengua contra el alcalde?

Ordené vigilar a los opositores políticos del alcalde y yo me dediqué a seguir a su mujer.

Podía tratarse de un atentado político o de un crimen pasional. Pero ni lo uno ni lo otro parecía conducirme a la pista correcta.

El alcalde, aparentemente, tenía una conducta impecable en todos los sentidos. Sin embargo eso no podía ser cierto tratándose de un político, claro.

Poco después estalló el escándalo. Se trataba de un asunto inmobiliario en el que estaba involucrado el alcalde abatido.

Unas colmenas de protección oficial edificadas por el ayuntamiento se habían venido abajo por culpa de la mala cera utilizada en su construcción.

El alcalde se había quedado parte del dinero, según salió en seguida a la luz pública tras interrogar a los constructores corruptos contratados por él.

Pero el alcalde había sido blanco de un francotirador, y eso imposibilitaba encontrar el dinero robado.

De repente tenía dos casos: un robo y un asesinato. Decidí ir por partes. Primero me propuse dar con el francotirador.

Era difícil que el asesino hubiese podido huir debido a que los accesos y salidas de la ciudad estaban estrechamente vigilados.

Sin embargo, no sería fácil dar con él, ya que todo el mundo sabe que los camaleones son expertos en camuflaje...

Si continuaba en la ciudad no podríamos sacarlo de su escondrijo, por lo que le preparé una trampa para que asomara la cabeza.

Los camaleones sólo comen alimentos vivos, por consiguiente, si no quería morir de inanición tenía que arriesgarse a salir de su guarida. ¡Ése sería el momento de atraparlo!

Acto seguido me desplacé hasta la oficina de desaparecidos.

En los últimos días se había denunciado la desaparición de tres langostas y dos mariposas.

No tenía tiempo que perder. Acudí a una tienda de disfraces, me probé las alas de lepidóptero más vistosas y me posé en una rama, tras untarme el cuerpo con un aceite resbaladizo que impediría que la lengua del camaleón se me pegara.

Aquella misma noche oí un leve ruido de hojas. Y antes de poder ver nada, una lengua pegajosa se proyectó sobre mí. Pero la lengua del camaleón resbaló y sólo pudo arrancarme las alas postizas...

A partir de ese momento todo fue muy sencillo. Había instalado un diminuto transmisor en las alas.

Poco después dimos con el escondrijo del francotirador, un nido de pájaro abandonado, situado en lo más alto de un alcornoque.

En el mismo escondite tuvimos una grata sorpresa: hallamos al alcalde, quien había simulado su propio atentado. El político corrupto esperaba la oportunidad para salir de la ciudad con el dinero de las colmenas que había robado. Caso cerrado.

EL CASO DE LA BANDA DE VAMPIROS

LA alarma había cundido de nuevo en la ciudad. ¡Una banda de vampiros se había instalado entre nosotros! Y ya se habían cobrado unas cuantas víctimas: un escarabajo de la patata, un zángano y tres lepidópteros.

La policía los halló a todos sin una gota de sangre. Una sexta víctima, una oruga, salvó la piel porque su sangre verde resultaba asquerosa al paladar.

Los insectos habían sido atacados mientras dormían, de manera que la oruga superviviente no pudo identificar a los agresores.

Examiné el cadáver del escarabajo de la patata y hallé en su cuello varias ronchas con una incisión en el centro. El cuello del zángano y los lepidópteros presentaban las mismas características.

Barajé distintas posibilidades e inicié las pesquisas. Primero mandé peinar el pantano en busca de sanguijuelas. Pero tras un minucioso rastreo sólo hallamos tres.

Sorprendentemente confesaron que eran vegetarianas. Y era cierto. Después de analizar una muestra del contenido de sus estómagos sólo encontramos pulpa de clorofila.

Descartadas las sanguijuelas, pensé en las garrapatas. Por lo que practicamos una redada en el pelo de un perro san Bernardo. Luego registramos concienzudamente a un dálmata.

En total detuvimos a una docena de garrapatas. Pero después de los análisis pertinentes, descubrimos que sólo se alimentaban de sangre de chucho.

Las sanguijuelas y las garrapatas eran inocentes. De manera que la banda de vampiros sólo podía estar formada por mosquitos.

Esa hipótesis parecía correcta, ya que los mosquitos sólo delinquen de noche, y todas las víctimas habían muerto mientras dormían plácidamente en sus camas...

Estuve tentado de fumigar toda la ciudad con DDT, pero esa drástica medida podía provocar un genocidio entre la mayoría de sus habitantes.

Como medida preventiva, protección civil suministró gratuitamente *aután* a toda la comunidad.

Sin embargo, dos noches después apareció otro coleóptero sin una gota de sangre.

Debía actuar con celeridad, por lo que ideé un arriesgado plan. Ordené el toque de queda en toda la ciudad a la caída del sol y que se cerraran sus habitantes en casa a cal y canto.

Posteriormente hice circular un furgón blindado de la Cruz Roja por las calles.

Cuando anochecía, el furgón trasladaba plasma al hospital central. Yo sabía que un botín tan suculento no tardaría en ponerse en el punto de mira de los criminales.

La banda sólo tardó dos días en actuar. Cruzaron un camión en el recorrido del furgón y, de repente, tres mosquitos encañonaron con sus aguijones al conductor.

El desenlace estaba servido. Cuando abrieron la puerta posterior del vehículo, los mosquitos hallaron a ocho agentes armados con sprays de insecticida con los que fueron rociados. Caso cerrado.

EL CASO DE MONGO MOSCARDÓN Y KID MOSCARDA

AQUELLA noche había asistido a una velada de boxeo. Los púgiles disputaban la final mundial de pesos mosca. Kid Moscarda y Mongo Moscardón se enfrentaban a mamporros.

Sonó la campana del primer asalto y empezó el combate.

De repente, Mongo Moscardón se abrazó a su adversario para evitar unos golpes. Y en el round siguiente, Kid Moscarda empezó a bostezar inexplicablemente. Mongo Moscardón aprovechó aquel momento para propinarle un derechazo en la trompa que lo derribó.

El árbitro contó hasta diez y levantó el brazo del ganador.

Kid Moscarda continuaba tendido en el suelo. Dos camilleros tuvieron que llevárselo a la enfermería, aún inconsciente.

Un mes más tarde volví a asistir a un combate de boxeo. En esta ocasión el campeón mundial, Mongo Moscardón, se enfrentaba a una polilla.

Durante el primer asalto el árbitro mandó quitar la lámpara baja del cuadrilátero porque la polilla no paraba de revolotear a su alrededor y no se concentraba en el combate.

En el cuarto round, Mongo se abrazó al aspirante al título, quien estaba trabajándole a conciencia el mentón. Sonó la campana y, en el siguiente round, la polilla empezó a bostezar incomprensiblemente y Mongo Moscardón no perdió la oportunidad para encajarle un gancho de izquierda en el nacimiento de las antenas.

La polilla, medio sonada, se tambaleó hasta que un certero puñetazo la desplomó.

El árbitro contó hasta diez y Mongo volvió a ganar por KO.

Sólo habían transcurrido tres semanas de aquel combate, cuando la prensa anunció que había llegado a la ciudad un temible contrincante para Mongo Moscardón. Una mosca del vinagre apodada Huracán Joe.

La mosca había ganado todos los combates hasta la fecha por KO técnico en el primer asalto.

¡No podía perderme aquella ensalada de tortazos por nada del mundo! De manera que invité a una chinche despampanante a quien había echado el ojo hacía algún tiempo y saqué dos entradas.

El Palace Stadium estaba lleno a rebosar de invertebrados. Campeón y aspirante salieron al ring entre los gritos salvajes de lameobranquios, lepidópteros y anélidos. El árbitro, una oruga con pajarita y mangas de camisa, ordenó a los púgiles que

hiciesen chocar sus guantes y, acto seguido, empezó el combate.

Mongo Moscardón y Huracán Joe se estudiaron recelosos durante el primer round. En el segundo asalto, la mosca del vinagre acorraló al campeón contra las cuerdas y le propinó varios derechazos demoledores. Mongo se abrazó a su contrincante para evitar más golpes certeros y el árbitro tuvo que separarlos. La campana, *in extremis*, salvó al moscardón.

En el tercer asalto sucedió otra vez algo desconcertante. El aspirante, que tenía acorralado de nuevo a Mongo, de repente empezó a bostezar. Sin perder ni un segundo, el campeón del mundo descargó la furia de sus brazos en el abdomen, trompa y ojos compuestos de su oponente hasta que lo derribó.

Enfurecida, la mosca del vinagre se levantó de un salto y se dirigió como una locomotora hacia su contrincante. Pero cuando iba a desencadenar un torbellino de puñetazos, volvió a bostezar. Mongo Moscardón descargó entonces su mazo pilón en el tórax del aspirante, quien quedó noqueado en el acto.

Una vez más, Mongo Moscardón había salvado el título.

Todo el mundo parecía satisfecho del combate. Sin embargo, algo no me encajaba. Aquello olía a tongo.

Cuando salimos del Palace Stadium, una idea me rondaba por la cabeza. A la mañana siguiente averigüé las direcciones de Kid Moscarda, la polilla y Huracán Joe y los visité.

En sus domicilios corroboré lo que me temía: los tres boxeadores continuaban durmiendo desde que se enfrentaron a Mongo Moscardón.

Pedí una orden de detención y me presenté en el gimnasio donde entrenaba el campeón del mundo. Allí desenmascaré a ese farsante.

Su documentación era falsa y, tras registrarlo a conciencia, descubrí que no se trataba de un moscardón... ¡sino de una mosca tse-tse!

Después de un severo interrogatorio, confesó que se abrazaba a sus contrincantes en el ring con el propósito de clavarles el aguijón. Sus víctimas no tardaban en bostezar enfermas de sueño, momento que él aprovechaba para propinarles el golpe de gracia y continuar siendo el campeón. Caso cerrado.

EL CASO DEL ESCARABAJO DINAMITADO

Tres escarabajos rinoceronte que trabajaban de furgón blindado para el Insect Banc habían saltado por los aires en las últimas semanas.

El método utilizado por los atracadores era sencillo: colocaban una carga explosiva bajo una tapa del alcantarillado y, cuando el escarabajo rinoceronte se paraba ante el semáforo en rojo, volaba por los aires. Inmediatamente, los atracadores recogían las sacas del dinero y huían en medio del desconcierto general.

El caso parecía complicado. Cada día los escarabajos rinocerontes realizaban recorridos diferentes para no caer en emboscadas. Sin embargo, los atracadores sabían perfectamente en qué lugar debían esperar al furgón blindado.

Examiné con minuciosidad las calles donde se habían producido las explosiones, pero no hallé ningún detalle que me proporcionara una pista.

Una cosa estaba clara. Los atracadores no podían realizar su trabajo sin tener a un cómplice en el banco que les facilitara la ruta de los escarabajos rinoceronte.

Tenía que darme prisa. El sindicato de escarabajos había convocado una huelga general y el servicio de recogida y reparto de dinero estaba a punto de colapsarse.

De momento realizaban el servicio trabajadores esquiroles —escarabajos peloteros— quienes, estaban acostumbrados a hacer la «pelota» a los jefes.

Empecé interrogando a los guardias de seguridad del Insect Banc, la mayoría exhormigas soldado. Pero no obtuve ningún resultado.

Luego me entrevisté con el presidente de aquella entidad financiera, un cucaracho con alas.

En la puerta de su despacho me crucé con una atractiva coleóptera que salía llorando.

Mientras hablaba con el presidente, me fijé en un retrato de su escritorio donde aparecía aquella coleóptera. Le pregunté quién era y me contestó que su hija. En ese momento tuve una intuición.

Busqué una excusa precipitadamente y seguí a la coleóptera.

La chica compró unas flores y las llevó al cementerio. Cuando vi la inscripción del nombre en la tumba donde depositó las flores, me pareció que el rompecabezas empezaba a encajar.

Tomé a la coleóptera del brazo, me identifiqué y la obligué a hablar.

Confesó que iba a casarse con uno de los escarabajos rinoceronte que los atracadores habían hecho saltar por los aires. Pero no tenían el consentimiento de su padre.

El cucaracho alado, presidente del banco, no

aprobaba aquella relación. No admitía que su hija saliera con un tipo de clase social baja que, además, trabajaba de furgón blindado.

Poco después, el escarabajo rinoceronte saltó por los aires. Muy sospechoso...

Era evidente que el móvil de los atracos no era el dinero. El padre de la chica no podía soportar el bochorno de que aquélla se casase con un vulgar empleado suyo. Por eso había ordenado liquidarlo.

No me fue difícil comprobarlo. Ordené registrar los pisos de los guardias de seguridad del banco hasta que hallamos unas sacas de dinero escondidas en un techo falso.

Así pues, el presidente del Insect Banc había ordenado a sus guardias de seguridad que realizaran los atracos. Pero la verdadera finalidad era matar al pretendiente de su hija.

Para que no fuese descubierto el verdadero propósito de los atracos, hizo saltar por los aires a otros dos escarabajos blindados.

Tras escuchar las confesiones de los guardias de seguridad implicados, el cucaracho se vino abajo. Caso cerrado.

EL CASO DEL ATRACO AL BANCO DE POLEN

ESTABA sentado en mi despacho del hormiguero, melancólico, recordando a mi último amor, cuando una lombriz entró como una exhalación en la oficina perforando la pared.

—¿No puedes llamar a la puerta como todo el mundo, gusano? —le solté, absolutamente indignado.

Pero la lombriz no me hizo caso y asustadísima perforó otro agujero y huyó por él.

Todavía no había salido de mi asombro cuando, de pronto, se derrumbó la pared por donde había entrado la lombriz y apareció un ser peludo que lo escarbaba todo.

—¡Dios Santo! —exclamé alarmadísimo—. ¡Un topo!

Y salí corriendo precipitadamente del despacho mientras aquella alimaña se lanzaba tras la lombriz.

La oficina quedó completamente destrozada. Por fortuna tenía un seguro contra incendios, inundaciones y topos.

Mientras me reparaban el despacho, no tuve más remedio que instalarme en una galería de termitas, abandonada y con goteras.

En aquel sucio agujero, sentado sobre una vieja caja, seguí recordando la reciente herida de amor que tenía en el corazón...

Todo empezó con los atracos a mano armada cometidos en distintos bancos de polen, una divisa en alza en invierno, momento en que se cometieron esos delitos.

Los testigos oculares habían identificado al atracador como una mariposa con dos manchas azules en sus enormes alas.

Eso reducía bastante a los sospechosos, ya que se trataba de un insecto migrador que sólo se instalaba en la ciudad durante el buen tiempo.

¿Por qué no se había marchado al llegar el invierno? Estaba claro: para atracar las agencias bancarias donde se depositaba el polen.

Una mariposa tan vistosa no pasaba desapercibida fácilmente y pronto localizamos su domicilio.

La sospechosa no tenía coartada y fue detenida inmediatamente.

El *Lepidóptero News*, el periódico más sensacionalista de la ciudad, anunció que por fin se había arrestado al atracador de los bancos de polen.

Sin embargo, tras interrogar a la mariposa no pude creer que fuera la culpable de aquellos robos... sobre todo porque me había enamorado de ella.

Era demasiado hermosa para ser una vulgar delincuente. Me juró y perjuró que era inocente y que estaba en la ciudad solamente por motivos profesionales. Era cantante y tenía un contrato para toda la temporada de invierno.

Miré sus sensuales manchas azules y le prometí que encontraría al verdadero culpable.

Más tarde revisé las cintas grabadas de las cámaras de televisión de las entidades bancarias robadas. En todas se veía a la mariposa con un arma en la mano.

Al principio no descubrí nada especial en esas grabaciones, pero al examinar las cintas con más atención observé algo extraño en las alas de aquella atracadora.

Me desplacé hasta las agencias bancarias donde se habían cometido los atracos y las registré con minuciosidad hasta dar con lo que buscaba.

Poco después realizamos una batida en el barrio de las orugas y finalmente hallamos, en el domicilio de una de ellas, el botín de los atracos escondido dentro de un capullo.

Mientras esposaba al inquilino del piso, un gusano de seda fichado por la policía, me preguntó sorprendido cómo le había descubierto.

En ese momento saqué un cachito de hoja de árbol del bolsillo y se lo mostré. A continuación le expliqué cómo había deducido que realizaba los atracos disfrazado de mariposa.

Su disfraz era muy bueno, pero las alas que usaba eran demasiado acartonadas. Hallé un retazo de sus alas falsas en el quicio de la puerta de una de las entidades bancarias. Estaban fabricadas con hojas de morera pintadas. Precisamente la morera, el alimento preferido por los gusanos de la seda, me dio la pista correcta. Caso cerrado.

Luego viví un apasionado romance con la mariposa hasta que me dejó por una libélula cantante de boleros.

— Me vuelven loca sus alas —me dijo encogiéndose de hombros, justo antes de abandonarme.

EL CASO DEL MUNDIAL DE INVERTEBRADOS

EL Campeonato Mundial de Atletismo de Insectos se celebró en nuestra ciudad. Los atletas que nos representaron fueron pocos pero de talla internacional. Una pulga para salto de altura. Un saltamontes para salto de longitud. Un insecto palo para salto con pértiga y un ciempiés para los cien metros lisos.

Se tomaron todas las medidas de seguridad para que no hubiera incidente alguno. Pero, inexplicablemente, empezaron a producirse sabotajes.

Al lanzador de martillo —un musculoso escarabajo— se le clavó una jabalina en el caparazón.

Y al lanzador de jabalina —una oruga fortachona— le cayó un martillo en la cabeza.

Parecían accidentes pero alguien, disfrazado de árbitro, los había colocado de tal manera que quedaban uno frente al otro durante sus lanzamientos.

Los corredores que participaban en la maratón —todos ellos hormigas— fueron rociados con insecticida.

El saboteador había cambiado previamente los indicadores del itinerario y los atletas, por equivocación, entraron en una cocina de seres humanos.

Un grillo estuvo a punto de ahogarse durante el salto de longitud porque alguien había cambiado la arena donde saltaban los atletas por arenas movedizas.

En los cien metros vallas, recubrieron los obstáculos con papel adherente y los atletas —todos eran moscas— quedaron atrapados.

Los relevos de cuatro por cuatrocientos metros lisos —donde participaban abejorros— tuvieron que suspenderse porque los testigos habían sido perfumados con esencias de flores y los atletas no paraban de olisquearlos olvidando así por completo la carrera.

Me desplacé hasta el estadio olímpico preguntándome quién deseaba sabotear el Campeonato Mundial de Atletismo.

No parecía que tras aquellos atentados hubiera reivindicación política alguna, puesto que ningún grupo, como el FLG —Frente de Liberación de Gusanos— o el ERM —Ejército Revolucionario de Moscones— había reivindicado los sabotajes.

Una vez en el estadio, lo registré concienzudamente sin encontrar nada sospechoso.

Después me entrevisté con el comité olímpico y les pedí una lista de todos los participantes.

En ella faltaba el plusmarquista de triple salto de longitud: una prestigiosa cigarra.

En el comité me explicaron que la habían expulsado porque dio positivo en un control antidoping.

Al escuchar aquello se me abrieron los ojos.

Peinamos concienzudamente la ciudad sin localizar al plusmarquista, así que situé a agentes camuflados en todas las pruebas.

Durante dos días no sucedió nada anormal. Pero al tercer día un hecho inconexo me hizo atar cabos: la lagartija del zoo había desaparecido, la habían robado.

Di órdenes explícitas de registrar a todos los vehículos de gran tonelaje que se acercaran al estadio olímpico y, poco después, cazamos a la cigarra plusmarquista conduciendo un tráiler robado.

Dentro del furgón estaba encerrada la lagartija del zoológico.

Las intenciones de la plusmarquista eran dejar suelto al lagarto durante la carrera de los mil quinientos metros obstáculos, cuyos participantes eran polillas.

La cigarra confesó que realizaba los sabotajes por rencor, puesto que el comité olímpico la había apartado del campeonato. Caso cerrado.

Cuando finalizó la competición, la ciudad estaba absolutamente desolada. No conseguimos ninguna medalla y, por si fuera poco, el ciempiés que participaba en los cien metros lisos sufrió una rampa en treinta y ocho de sus extremidades.

EL CASO DE LOS VIRUS EXTORSIONADORES

AQUEL era un caso difícil. Unos extorsionadores se habían instalado en la ciudad. Pero nadie los había visto porque era una banda de virus.

La primera víctima extorsionada fue un alacrán banquero que se había resfriado. Después, la mujer de un chinche empresario cogió la gripe.

Las cosas empeoraron cuando una familia de orugas magnates se contagió de sarampión. La banda de virus sólo extorsionaba a insectos de clase alta.

Interrogué a las víctimas, pero todas contaban la misma historia. De repente se sentían enfermas y el médico les diagnosticaba una enfermedad infecciosa grave.

Unos días más tarde, cuando las víctimas empezaban a caer enfermas, recibían una llamada telefónica:

—Lleve diez millones al parquing de los grandes almacenes y le daremos los anticuerpos para curarse. Y nada de policía, ¿entiende?

Las víctimas, atemorizadas, acudían a la cita y entregaban el dinero inmediatamente.

El empresario más importante de la ciudad, un abejorro, también había recibido una llamada de los extorsionadores.

El empresario empezó a encontrarse mal y los médicos le diagnosticaron pulmonía triple. Y sólo disponía de dos días para reunir la suma de dinero.

El abejorro me llamó angustiado. Fui a su mansión, lo tranquilicé y me puse manos a la obra sin perder tiempo.

La primera medida que tomé fue organizar una redada de individuos resfriados. La banda de virus quizá se escondía en las mucosas nasales de los insectos que tenían catarro.

Esa medida no dio resultado.

Luego coloqué controles policiales en los tubos de aire acondicionado. A los virus les gusta moverse por esos conductos...

También fue infructuoso.

Le di vueltas y más vueltas al caso sin sacar nada en claro hasta que tuve una intuición mientras me tomaba un caldo en casa.

Sin perder un instante, me dirigí al laboratorio de la ciudad y detuve a los virus que nadaban en los caldos de cultivo.

Sin embargo, todos los bacilos tenían coartada. Los científicos confirmaron que en los últimos meses no se habían movido de las probetas.

Entretanto, había advertido a la población para que usase bufanda. De lo contrario, si se resfriaban,

los virus podían huir saltando de miasma en miasma.

En la fecha convenida, el abejorro empresario recibió una nueva llamada para entregar el dinero:

—Diríjase a la unidad pulmonar del hospital central con la pasta dentro de un maletín.

Decidí colocarle un micrófono y le abrigué con tres jerséis de lana para que no le diera un patatús. Luego, cuando salió de casa le seguí a cierta distancia.

Al llegar al hospital, el empresario encontró un sobre encima de una cama vacía.

Como le había indicado, lo leyó en voz alta y, gracias al micrófono, escuché el contenido del mensaje: «Vaya a la plaza Pasteur. A las nueve pasará una ambulancia; cuando aminore la marcha, tire el maletín por la ventanilla. Mañana recibirá el antídoto por correo. ¡Y nada de traer a la pasma! Llevamos un virus del tifus y podemos contagiar a toda la ciudad».

«¡Cómo no lo deduje antes!», pensé después de

oír el mensaje. La banda se escondía y trasladaba dentro de una ambulancia. ¡Era un lugar perfecto para no levantar sospechas!

Actué rápidamente. Me comuniqué con el abejorro por el microtransistor. Uno de mis agentes simularía tropezar con él mientras iba a la cita y le cambiaría el maletín.

A las nueve apareció la ambulancia, aminoró la marcha y el abejorro lanzó el maletín dentro.

Unos instantes después, cuando la banda lo abrió, no encontró el dinero sino una bomba de salfumán que desinfectó completamente de virus toda la ciudad. Caso cerrado.

EL CASO DE LA CUCARACHA EMPACHADA

AQUEL caso me llevó a la ciudad de los humanos. Llegué a la cocina donde se hallaba la víctima mortal. La policía había marcado la silueta del cadáver con tiza. Se trataba de una cucaracha.

El informe del forense demostraba que no había muerto chafada por una escoba, ya que eso casi podría calificarse de muerte natural, tratándose de una cucaracha...

Ni había sido asfixiada con insecticida. Por tanto, se podía descartar del crimen a los humanos.

Pregunté en el vecindario y todos los insectos me confirmaron que la cucaracha asesinada vivía en aquella cocina.

Entonces inicié las investigaciones. Para resolver el caso debía empezar por buscar el móvil. Y lo encontré en el mismo suelo de la cocina: no quedaban restos de comida. Alguien los había robado tras matar a su propietaria, la cucaracha.

A las ocho en punto fui a buscar los resultados definitivos del forense. Muerte por empacho, declaraba el informe.

Me froté las antenas pensativo. Todo indicaba que se trataba de un suicidio, por eso en el suelo de la cocina no quedaba ni una migaja de comida.

Sin embargo, algo me hizo pensar en que todo aquello no podía ser tan evidente. Si una cucaracha deseaba suicidarse, ¿no era más fácil pasearse por delante de los humanos mientras veían la tele? ¿Por qué buscar un método tan sofisticado como el del empacho?

Volví al lugar de los hechos decidido a encontrar una pista. Examiné la alacena, debajo del frigorífico, detrás del contador del gas. ¡Nada!

Pero finalmente hallé lo que buscaba escondi-do dentro del extractor de humos. Allí había diez bolsas con el alijo: migas de pan, restos de galleta, azúcar, cachitos de monda de patata y un garbanzo.

Eso me proporcionaba datos muy valiosos. ¿Qué ladrones roban comida de las cocinas de los humanos? Evidentemente, hormigas o cucarachas. Pero las hormigas trabajan en equipo.

Y las bolsas de comida todavía estaban escondidas. Por tanto, aquello era obra de alguien que trabajaba solo: una cucaracha.

Reconstruí mentalmente los hechos: la víctima había sorprendido a la cucaracha ladrona mientras robaba los restos de comida. El delincuente redujo a la cucaracha de la cocina y la obligó a zamparse un montón de sobras de golpe hasta que la pobre falleció empachada.

De esa manera, el criminal no sería nunca delatado y así todo parecería indicar que se trataba de un suicidio.

Acto seguido, el asesino metió las sobras restantes en bolsas de plástico. Pero entonces se dio cuenta de que había demasiadas, y no tuvo más remedio que esconder las que no pudo transportar en el extractor de humos. Pensó que ya volvería cuando se calmase el asunto.

Yo no podía estar seguro de si eran ciertas esas deducciones, aunque todo parecía indicar que sí, por lo que preparé una trampa al asesino para comprobarlo.

Convencí al director de los informativos televisivos para que propagaran una falsa noticia. En la prensa del día siguiente también apareció este falso titular:

«CUCARACHA SE SUICIDA
EN SU COCINA».

Luego me agazapé junto al extractor de humo y me armé de paciencia. Durante el amanecer de la tercera noche apareció la cucaracha asesina. Vino a buscar su alijo y fue atrapada. Caso cerrado.

EL CASO DE LAS LIBÉLULAS
SINIESTRADAS

QUERÍA tomarme unas vacaciones y alquilé una casita en un pueblecito turístico de las marismas. Estaba viviendo una historia romántica con una hormiguita roja muy apasionada y decidimos pasar unos días tranquilos. Pero como era temporada baja encontramos el lugar infestado de mosquitos jubilados.

Por suerte, recibí una llamada del aeropuerto. Necesitaban mis servicios con urgencia, de manera que abandoné precipitadamente aquel lugar de ocio para ancianos.

Me presenté de inmediato en el aeropuerto, enseñé mis credenciales y me condujeron al despacho del jefe de vuelos, un avispón rechoncho.

Visiblemente nervioso, me contó que la libélula del vuelo con destino Ácaro City, que llevaba treinta y ocho pasajeros, todos ellos pulgones de negocios, había desaparecido poco después de despegar.

De repente apareció una enigmática mancha en

la pantalla del radar y acto seguido se perdió toda señal de comunicación con la libélula.

Inmediatamente, el jefe de vuelos envió una escuadrilla de hormigas voladoras para dar con la libélula siniestrada. Pero tras batir repetidas veces el área donde había desaparecido, regresaron sin detectar al aparato.

En tales circunstancias, pensé, o bien la libélula había sido secuestrada por un comando terrorista o bien se la había zampado un pájaro.

En la torre de control no habían recibido ningún SOS, por lo que era improbable que la libélula hubiese sido engullida por un pajarraco.

De todas formas, ordené registrar los nidos cercanos a la ciudad por si se encontraban restos del aparato siniestrado.

Aquella búsqueda resultó infructuosa.

La hipótesis terrorista tampoco parecía factible porque no se había recibido ningún mensaje de los secuestradores.

Sin embargo, hice interrogar a algunos activistas del CAF —Comandos Anti-Fumigadores— por si tenían algo que ver en el asunto.

Aquella investigación no llegó a buen puerto. Los dirigentes de la organización hacía años que estaban en prisión y sus jóvenes seguidores sólo eran larvas.

Estaba en punto muerto. Aunque una cosa era evidente: aquel vuelo no podía haberse volatilizado.

Mientras buscaba alguna pista indagando entre controladores aéreos, pilotos y demás operarios del aeropuerto, otros cuatro vuelos desaparecieron como por arte de magia.

Los hechos sucedieron exactamente igual que con el vuelo de la libélula: una gran mancha se acercaba a la señal del aparato en el radar y, un instante después, había desaparecido sin recibir parte de socorro alguno

Los otros cuatro vuelos desaparecidos llevaban un solo tripulante. Se trataba de mariposas que, por motivos de negocios, volaban a otras ciudades.

La circunstancia de que todos aquellos aparatos siniestrados fuesen precisamente mariposas, me hizo sospechar algo.

Sugerí que se suspendieran todos los vuelos de insectos voladores hasta nuevo aviso y que toda la flotilla de libélulas quedara en sus hangares.

A continuación repasé con el avispón rechoncho las coordenadas exactas donde habían desaparecido la libélula y las mariposas.

Era un área concreta no muy lejos de la ciudad.

Entonces ordené construir un prototipo de aparato no tripulado: una gran mariposa multicolor teledirigida. Y luego me desplacé hasta el lugar donde se producían las desapariciones. Desde allí, mandé un mensaje para que despegase la mariposa artificial.

El lepidóptero no tardó mucho en llegar revoloteando. En ese momento me percaté con mis propios ojos de lo que había estado pasando con los vuelos desaparecidos.

Aquella misma noche, entré sigilosamente en

una cabaña de troncos, construida por los humanos en las cercanías.

Y, como esperaba, encontré a la libélula y a las cuatro mariposas desaparecidas ensartadas en alfileres...

Efectivamente, la desaparición de aquellos vuelos había sido causada por un entomólogo, es decir, por un coleccionista de insectos con su mortífero cazamariposas.

Una vez descubierto el enigma, mandé un ejército de termitas para convertir la cabaña del entomólogo en un montón de serrín.

El criminal, desconcertado, no tardó en hacer las maletas y volver a la ciudad de los humanos. Caso cerrado.

EL CASO DEL GRILLO ENVENENADO

Los insectos jóvenes estabab alborotados. Un grillo cantante de fama mundial había llegado a la ciudad y sus fans, mariquitas en su mayoría, no paraban de revolotear junto a él para conseguir un autógrafo.

Llevado más por la curiosidad que por mi entusiasmo por el cantante, acudí al concierto. El estadio de fútbol donde se celebraba estaba completamente abarrotado. Los vendedores ambulantes de néctar, polen y jalea real no daban abasto.

Encontré una buena localidad y me aposenté dispuesto a escuchar el repertorio del grillo.

A pesar de que nadie lo vio actuar —cantaba escondido entre unos setos, como suelen hacer los grillos— sus canciones emocionaron al público.

Sólo hubo que lamentar un incidente cuando los fans, enardecidos, se acercaron demasiado al seto y el grillo de pronto dejó de cantar.

Por los altavoces, los organizadores del concierto rogaron al público que volviera a sus asientos para que el grillo cantase de nuevo.

Aún duraban los aplausos cuando abandoné el recinto y volví al hormiguero.

A la mañana siguiente me sorprendí al leer la prensa. El famoso grillo cantante había sido agredido después del concierto.

Un fan lo atacó con un repelente de insectos cuando estaba a punto de entrar en el hotel donde se hospedaba. Afortunadamente, el agresor fue detenido y el cantante sólo sufrió una leve irritación en las alas y las patas.

Antes de que acabase de leer la noticia, me zumbaron las antenas. Me reclamaban en comisaría para interrogarlo.

El fan, una cochinilla vestida con una camiseta punk, alegó que el grillo había traicionado a sus seguidores al pasarse a la música comercial.

Proseguía con el interrogatorio, cuando recibí una nueva llamada. Una camarera del hotel había hallado al grillo muerto sobre su cama.

No podía dar crédito a lo que había oído.

Inmediatamente me dirigí hasta el lugar del crimen. Una vez el cuerpo fue examinado por el forense, descubrimos que el cantante había sido envenenado mientras se aclaraba la voz con una yema.

El asesino le había cambiado la yema de huevo de mosca, que el grillo solía tomar después de cada actuación, por el de una escolopendra, sumamente venenoso.

Me senté y respiré hondo. Tenía un caso delicado entre manos. La ciudad entera querría que se desenmascarara al culpable cuanto antes.

En primer lugar, interrogué a las cucarachillas que formaban el servicio de hotel, pero ninguna vio nada sospechoso.

Entonces hablé con el mánager del grillo, una enorme babosa que no paraba de fumar puros habanos. Estaba aturdido. No acertaba a comprender por qué lo habían matado.

Le pregunté si el grillo tenía enemigos. Me confesó que nunca antes había sufrido una agresión y menos aún un intento de asesinato.

Después quise que me hablase de la costumbre del cantante de tomarse una yema de huevo de mosca antes de acostarse.

—Ese hábito lo podía conocer cualquiera que leyese revistas de insectos famosos —respondió la babosa, visiblemente afectada.

Seguidamente bajé a recepción, donde una pulga botones se me aproximó nervioso para hacerme una confidencia.

Poco antes de que el grillo sufriese la agresión del fan, había visto por el vestíbulo a un tipo con gabardina y pinta sospechosa que le llamó la atención. La pulga parecía recordarlo de alguna otra parte.

Esa mañana supo, de pronto, quién era. Y me mostró una revista donde aparecía Johnny Cigarra, un cantante local de country que había sido eclipsado por el boom musical del grillo. En más de una ocasión, Johnny Cigarra había declarado a la prensa que le odiaba.

El botones me aseguró que el individuo con gabardina era ese cantante de *country*.

Agradecí la información y, sin perder tiempo me desplacé hasta la parte baja de la ciudad, donde vivía Johnny Cigarra.

Dentro del cuartucho de un hotel de mala muerte, situado en una caja de tomates, encontré al cantante de country haciendo las maletas.

Se sorprendió al verme. Pero no tuvo ningún reparo en confesar que por culpa del grillo se había quedado sin público. Por ese motivo vivía en la miseria y no había tenido más remedio que cambiar de empleo. Ahora se dirigía a un cultivo de trigo. Le había contratado una plaga de langostas.

Era evidente que mentía. No podía ser casualidad que alguien que odiaba tanto al grillo estuviese haciendo el equipaje un día después de su asesinato. Sobre todo habiéndolo visto el botones, en el hotel, la noche del crimen. Eso le convertía en el sospechoso número uno ¡y único!

Mientras le arrestaba, insistió una y otra vez en que era inocente. Que llevado por la desesperación, había ido al hotel para implorar al grillo que le llevara de cantante telonero en sus actuaciones.

No presté la menor atención a sus palabras. El caso estaba resuelto.

Después de dar con el culpable quería tomarme la mañana siguiente libre, pero no fue posible. Me reclamaron con urgencia desde el presidio. La cochinilla que había agredido al grillo se había escapado.

No me fue difícil dar con él. Me enteré de que un tren mercancías que transportaba césped —una tentación irresistible para una cochinilla— partía de

la ciudad, y lo atrapé escondido entre las briznas de hierba.

En su maleta encontré una caja llena de billetes. Me llamó la atención la importante suma de dinero, pero lo que más me sorprendió fue la caja donde los guardaba...

Inmediatamente ordené poner en libertad a Johnny Cigarra. Acababa de descubrir quién era el verdadero asesino del grillo.

Presioné con un severo interrogatorio a la cochinilla y acabó confesando que un tipo, que se hizo pasar por presidente de un grupo de fans ofendidos por la música comercial del grillo, le había ofrecido una importante suma por agredirlo. Pero no tenía ni idea de que quisieran matarlo.

Aceptó hacerlo. De hecho, no le caería mucho por una simple agresión y pronto estaría de nuevo en la calle.

Lo que no sabía la cochinilla era que el asesino aprovechó aquella confusión para subir a la habitación del grillo y cambiar el huevo de mosca por el huevo mortal de escolopendra.

En prisión, la cochinilla se enteró del crimen y, asustadó, fingió un cólico de clorofila. Le llevaron a la enfermería y allí consiguió fugarse. No quería verse involucrado como cómplice de asesinato.

Cuando le detuve, me sorprendió la caja donde guardaba el dinero. Era de puros habanos, de la misma marca que los cigarros que fumaba el mánager del grillo. Así pues, sin duda la enorme babosa era la culpable.

Fui al hotel con una orden de arresto y lo esposé. Comprobé sus huellas dactilares con las que había en la caja y encajaban.

Acorralada, la babosa no tuvo más remedio que confesar su crimen.

Antes de ser encerrada, comentó despectiva:

—El mundo de la música es así. Cuando un cantante famoso muere de forma violenta, se convierte en mito y se disparan las ventas de sus discos.

La miré de arriba a abajo, alegrándome de que una babosa como aquella acabase en la cárcel. Caso cerrado.

EL CASO DEL DOCTOR PIOJO

ESTABA tomando una taza de café en el bar de la esquina del hormiguero cuando el suelo comenzó a retumbar de repente. Los insectos empezaron a revolotear asustados. Las bocas de incendio expulsaban chorros de agua a presión, los cristales de los edificios saltaban hechos añicos.

Cuando se me derramó el café, decidí salir del bar y ver lo que ocurría.

Un monstruo descomunal había invadido la ciudad y todo el mundo huía despavorido. El monstruo avanzaba tambaleándose con un chupete en la boca. Era un inmenso bebé humano que lo destruía todo a su paso.

No me dejé llevar por el pánico y conseguí comunicarme con el alcalde. Había reunido a un comité de seguridad en los sótanos del hormiguero, un sofisticado búnker preparado para casos de emergencia.

Mientras el monstruo continuaba su obra de devastación, conseguí reunirme con ellos.

Todavía no habíamos tomado ninguna medida de urgencia, cuando recibimos un ultimátum.

Uno de los monitores de televisión del búnker fue interferido y a continuación apareció en pantalla el doctor Piojo.

Se trataba de un investigador de dudosa reputación que había sido expulsado de la comunidad científica por hacer experimentos biogenéticos peligrosos.

Había conseguido crear ciempiés de mil patas y alacranes que volaban; había pasteurizado polen y, lo más escalofriante de todo, logró clonar larvas.

Tras proferir una grotesca risotada, el doctor Piojo nos amenazó con devastar completamente la ciudad con el bebé, aquel monstruo que controlaba.

A cambio de parar la destrucción, pedía el reconocimiento de sus inventos, millones para sus investigaciones y, por si fuera poco, que le construyeran una estatua en la plaza del ayuntamiento.

Quedamos helados. El alcalde me miró, realmente asustado.

Era imprescindible neutralizar al bebé y dar con el paradero del científico loco.

Pedí al político que enviara una escuadrilla de avispas para ahuyentar al monstruo.

Los aparatos despegaron zumbando hacia su objetivo.

Pero la descomunal criatura no pareció alterarse mucho y derribó a manotazos varias avispas.

Enviamos más escuadrillas y, ante aquella molestia, el monstruo se encaramó en el rascacielos más

alto de la ciudad, un gran termitero de barro seco.

Imitando a King-Kong, fue derribando una a una todas las avispas.

Las cosas se ponían difíciles, de manera que decidí dirigir las operaciones personalmente mientras me preguntaba una y otra vez cómo el científico loco conseguía manipular al bebé.

Salí a la superficie del hormiguero y allí me esperaba un coleóptero alado de la policía.

Nos dirigimos velozmente hacia el termitero y empezamos a revolotear sobre el monstruo.

Estuvimos a punto de estrellarnos cuando el enorme bebé escupió el chupete, que nos pasó rozando.

Pero el coleóptero volvió a situarse por encima de su cabeza y entonces descubrí al doctor Piojo escondido entre el pelo de la criatura. En su mano manipulaba un aparato de control remoto con el que dirigía sus movimientos.

Mediante un sistema electrónico daba órdenes al cerebro de aquel monstruo con pañales.

Inmediatamente ideé un plan para atrapar al criminal.

Ordené que se preparasen las unidades especiales de acción inmediata mientras atraía al monstruo fuera de la ciudad hasta situarlo bajo un árbol.

Tal como estaba previsto, en aquel instante los rangers araña se descolgaron desde las ramas por finas hebras y en pocos segundos capturaron al diabólico doctor Piojo.

Libre del control del científico loco, el bebé abrió desmesuradamente los ojos, se los frotó y rompió a llorar. Me tapé las antenas ante aquellos berridos y pedí una orden de búsqueda de sus padres.

Pero no fue necesario. Acudieron en seguida al oírlo, abrazaron al monstruo extraviado y, con grandes zancadas, se alejaron.

El malvado doctor Piojo pagó caro su propósito de aniquilar la ciudad y, por supuesto, nunca tuvo la estatua que tanto había anhelado. Caso cerrado.

EL CASO DEL LICOR DE CARACOL

ALGUIEN estaba limpiando la ciudad de insectos mafiosos. En las últimas semanas, la mayoría había desaparecido.

Como no iba a quedarme de brazos cruzados mientras me dejaban sin empleo, empecé a investigar qué estaba sucediendo.

Me desplacé a los bajos fondos y pregunté entre mis confidentes: una tijereta que había perdido sus pinzas en un ajuste de cuentas y ahora vendía lotería; un saltamontes jubilado, antiguo reportero de guerras entre hormigas rojas y negras; y una chicharra ciega que tocaba el organillo. Pero imperaba la ley del silencio y no conseguí que soltaran nada.

Aquello me escamó. ¿Quién podía infundirles tanto miedo?

Abstraído en mis pensamientos, me perdí por callejones oscuros hasta que choqué con un pulgón beodo. Le cayó una botella metida en una bolsa de papel. El pulgón refunfuñó y no pude evitar oler su apestoso aliento.

Aquello parecía... Cogí la botella del suelo y pegué un trago.

«¡Por todos los delincuentes!», me dije sorprendido. ¡Volvían a destilar clandestinamente baba de caracol!

Desde hacía años imperaba la ley seca, y nadie destilaba licor de caracol porque las leyes eran muy severas.

Entonces se me encendió una luz. ¿Tendría algo que ver la limpieza de mafiosos con aquel descubrimiento...?

Uno de los pocos capos del sindicato del crimen que no había desaparecido todavía era McChinche Y no había desaparecido porque estaba en chirona.

Decidí entrevistarme con él.

Me desplacé hasta el presidio y me condujeron a su celda. Allí le ofrecí un chicle de glóbulos rojos. Después le enseñé la botella.

McChinche cumplía una larga condena. Le habían encerrado por tráfico de aguijones. Pero tiempo atrás también había destilado clandestinamente baba de caracol.

Como era uno de los mafiosos más importantes de la ciudad, no había perdido sus contactos y tenía que saber lo que estaba pasando.

Me aseguró que no sabía de lo que le estaba hablando, pero su cara estaba llena de miedo.

Le ofrecí rebajarle la condena si desembuchaba pero, visiblemente alterado, se desentendió del asunto llamando a gritos al carcelero.

Algo importante estaba sucediendo en la ciudad

porque nadie quería soltar palabra y yo me olí de qué se trataba.

Un nuevo jerarca del crimen organizado había hecho acto de presencia y estaba montando una red clandestina para vender licor de caracol.

Aquella misma tarde decidí dar un paseo por la orilla del estanque para poner en orden mis ideas.

Mientras le daba vueltas a la cabeza, algo me llamó la atención: la gran proliferación de carpas que había en el estanque.

Decidí registrar su orilla y descubrí la morada de una vieja sanguijuela.

Tras charlar un rato con ella, me contó que últimamente había habido movimiento en el estanque.

Durante unas cuantas noches acudieron coches con las luces apagadas y luego se oída cierto chapoteo en el agua.

Aquel revelador comentario me dio una pista y me desplacé por segunda vez el presidio. Hablé con el alcalde y le convencí para que soltara a McChinche.

El mafioso quedó horrorizado al saber que estaba libre.

Esa misma noche me escondí en el estanque y desplegué a mis agentes.

Finalmente apareció un coche con los faros apagados y descendieron de su interior cinco insectos zapateros con pinta de gángsters. Después sacaron del coche a McChinche amordazado. Y finalmente apareció el gran jerarca, una nauseabunda oruga verde cubierta de afilados pinchos, que lucía de un modo absolutamente ostentoso una cadena de oro macizo de muchos quilates.

A una señal de la oruga, los gángsters se dispusieron a lanzar a McChinche al estanque con un bloque de cemento en las patas.

De repente las carpas empezaron a agitarse en las aguas.

Como yo había supuesto aquella mañana cuando vi a tantos peces, se estaban dando un festín zampándose a todos los mafiosos de la ciudad.

Antes de que los gángsters zapateros arrojaran a McChinche a las aguas, los apresamos a todos.

Nunca mejor dicho: había utilizado a McChinche de anzuelo para atrapar al pez gordo de los mafiosos que estaban adueñándose de la ciudad.

Tras el interrogatorio de rigor, la oruga gángster confesó que se estaba saltando la ley seca.

Por ese motivo había convocado a los capos que controlaban los bajos fondos para repartirse la venta de licor de caracol.

Pero los mafiosos se negaron, puesto que conocían la severas condenas que les podían caer.

Entonces la gorda y nauseabunda oruga secuestró a los capos mafiosos y los fue echando uno a uno al estanque.

Cuando McChinche quedó libre, la oruga decidió deshacerse de él. No quería que nadie le hiciese sombra en sus negocios. Además, McChinche, por sus contactos, sabía perfectamente lo que estaba pasando y podía dar el chivatazo.

El duro peso de la justicia cayó sobre la oruga y los insectos zapateros gángsters. Y cuando llegaron a presidio se les condenó a beber zumo de apio a diario. Caso cerrado.

EL CASO DEL CADÁVER EN EL PÍCNIC

EL hormiguero estaba de luto. Uno de sus miembros, una hormiga exploradora, acababa de ser asesinada.

La víctima envió un SOS con sus antenas antes de morir. Cuando llegamos, sin embargo, yacía sobre un enorme mantel de cuadritos rojos y blancos, junto a un termo y una tortilla de patatas.

El crimen se había cometido en un picnic de humanos.

Aquel era un lugar peligroso para llevar a cabo las investigaciones. Es costumbre común entre los hombres pisar a los insectos que pasean por manteles de cuadritos rojos y blancos.

Afortunadamente, todos dormían la siesta tras una comilona campestre, por lo que examiné el cadáver sin miedo a ser chafado.

Parecía que el criminal hubiera ocultado a la víctima, pues estaba bajo una servilleta y sólo le asomaban las antenas.

La hormiga no presentaba signos externos de violencia. Pero la envolvía un olor raro.

Por desgracia, no dormía la siesta como los humanos, sino que había sido ahogada, pues tenía la cara morada.

Me rasqué el abdomen desconcertado. Cerca del picnic no había ningún lago, estanque o pantano, ni la hormiga estaba empapada.

Inspeccioné los alrededores.

Mientras avanzaba entre un salero y un plato de croquetas oí, de repente, una voz que pedía auxilio y unas alas que zumbaban.

Inspeccioné el lugar y descubrí un vaso lleno de gaseosa. En su interior, una mosca se debatía entre la vida y la muerte.

Sin perder tiempo, subí hasta el borde del vaso con un espagueti y se lo lancé varias veces hasta que pudo atraparlo.

El insecto, una vez a salvo, me dio las gracias entre toses, se frotó las patas y salió volando.

Yo me quedé mirando la gaseosa. Acababa de descubrir dónde había sido ahogada la hormiga.

Oprimí el pecho a la fallecida y expulsó un líquido con burbujas, como prueba de que mi deducción era acertada.

Sin embargo, aún no tenía ni móvil ni sospechoso.

Acto seguido inspeccioné el vaso en busca de huellas dactilares, pero sólo encontré las mías, las de la mosca y unas de dedos humanos.

Después eché un vistazo por los alrededores e identifiqué un fuerte olor mientras inspeccionaba

una ensalada. Aquella pestilencia me era muy familiar.

Volví junto a la víctima, la olisqueé y descubrí el mismo hedor.

No había duda: procedía de la cebolla que acompañaba a la ensalada.

Recompuse entonces el rompecabezas de lo que sabía hasta el momento.

El asesino había atontado a la hormiga utilizado la cebolla como cloroformo. Luego la había arrastrado hasta el vaso, la había subido hasta el borde y, finalmente, la había ahogado sumergiéndole la cabeza dentro de la gaseosa.

Pero ¿quién podía ser el asesino? ¿Por qué lo había hecho? Y lo más incompresible, ¿por qué había sacado a la hormiga del vaso y la había ocultado bajo la servilleta?

En ese instante recordé que antes no había hallado huellas en el vaso. ¡Cómo no se me había ocurrido antes!

Sonreí abiertamente. Había dado con el asesino de la hormiga exploradora.

Sin perder tiempo, registré el mantel de cuadritos rojos y blancos y, como sospechaba, encontré lo que buscaba: una manzana.

En su parte superior había un agujero, por lo que la fruta estaba habitada.

Llamé con las antenas a mis agentes y acordonamos la manzana. Luego advertí al gusano que vivía en su interior que saliera despacio.

Era obvio que sólo un gusano podía encaramarse por un vaso sin dejar huellas dactilares, precisamente porque no tiene extremidades.

El gusano salió sin oponer resistencia.

Lo cierto es que no tenía ninguna prueba contra él, pero no era un gusano muy listo y me fue fácil engañarlo.

Le dije que la hormiga no había llegado a morir y le había delatado.

—¡Ja! ¡No va a estar muerta...! —se le escapó. Y fue arrestada.

A pie mismo de manzana le interrogué mientras unas golondrinas no le quitaban el ojo de encima. Muy angustiado, acabó contándolo todo.

Bajo la tapa de una fiambrera, a cubierto de los pájaros, confesó que antes de llegar al picnic nuestra hormiga exploradora había aparecido un escuadrón de hormigas rojas.

Como no podían quedarse en el mantel sin riesgo de morir aplastadas, volvieron a su lejano hormiguero para informar de su hallazgo.

Y para que nadie delatase el picnic, compraron al gusano por una importante suma de glucosa, a cambio de liquidar toda hormiga negra que llegase al mantel.

Le pregunté entonces por qué escondió a la víctima bajo la servilleta.

—Si los humanos veían hormigas, se largarían con el picnic a otra parte —respondió el gusano criminal, totalmente abatido.

«Así que detrás del asesinato de la exploradora estaban las malditas hormigas rojas, siempre intentando robarnos los picnics de nuestro territorio», me dije con las mandíbulas apretadas, lleno de rabia.

Llamé al hormiguero para que enviasen todas las hileras de hormigas posibles para limpiar el picnic antes de que se despertaran los humanos.

Cuando llegaron las hormigas rojas se quedaron con un palmo de narices al no encontrar ni una miga. Y, por si fuera poco, en ese momento sse despertaron de la siesta los humanos y las pisotearon de mala manera. Caso cerrado.

EL CASO DE LA SECTA DE LA GRAN CRISÁLIDA

ME llamaron de la unidad de cuidados intensivos del hospital central. Una lombriz se debatía entre la vida y la muerte. Según el informe, la habían encontrado ensartada en un anzuelo.

Como no podía interrogarla a causa de su extrema gravedad, inicié las investigaciones en los archivos policiales.

Las denuncias por secuestro o desaparición de lombrices habían descendido desde que murió el viejo pescador que vivía junto a la charca. A pesar de ello, repasé las denuncias pendientes.

Pero allí no constaba nada.

Lo singular del caso, medité, era que la lombriz había aparecido con el anzuelo clavado en un cuartucho infecto de un motel subterráneo.

¿A quién le gustaba pescar en moteles baratos del tres al cuarto?

De hecho, ningún otro pescador merodeaba por la charca. Y al único humano que tenía permiso de residencia en la ciudad —un apicultor—, lo había expulsado la policía alegando que no se fiaban de alguien que llevaba la cara tapada.

Quizá se tratase de un ajuste de cuentas, pensé. Las lombrices suelen moverse en terreno fangoso...

De manera que ordené realizar una descarga eléctrica en el suelo para que afloraran todas las lombrices y hacer una redada.

Sin embargo, después de interrogarlas no saqué nada en claro.

Aunque la batida sirvió para detener a una lombriz que estaba en busca y captura. Había limpiado varias agencias bancarias practicando un túnel, el método usual entre lombrices delincuentes.

Seguía en punto muerto cuando recibí la llamada de un gusano de seda, industrial del sector textil muy importante. Quería que sacase a su hija de una secta religiosa.

La gusanita era mayor de edad, por lo que yo no podía nada, pero de todas formas la visité para tranquilizar a su padre.

La secta, Testigos de la Gran Crisálida, estaba ubicada en la rama de un pino. Se trataba de un vasto complejo formado por varios nidos de orugas procesionarias.

Me recibió el gurú, una oruga vestida con túnica color azafrán y mirada penetrante.

La secta de la Gran Crisálida aseguraba que las orugas no morían dentro del capullo, sino que se reencarnaban en mariposas.

El gurú, llevado por su fanático entusiasmo, intentó convencerme de que todas las mariposas tienen alma de gusano. Y lo cierto fue que, tras una hora y media escuchándolo, estuve a punto de ingresar en la secta y de ofrecerle, además, como donativo, todos mis ahorros.

Por suerte, un acólito del gurú interrumpió su discurso para recordarle que era la hora de la meditación trascendental, momento que aproveché para salir de aquel trance y recuperar el juicio.

Como le prometí pensar en todo lo que me había revelado y, además, le compré el libro *Enseñanzas de Crisálidamurti*, que era el gran jerarca espiritual, el gurú me permitió que entrevista a la gusanita de seda.

Cuando entré en su celda de retiro empecé a toser estrepitosamente y me saltaron las lágrimas por culpa de la humareda, producto de quemar una pestilente mezcla de incienso y morera.

Sentada en un rincón estaba la gusanita recitando mantras.

Nada más verme se levantó, me observó el aura y me aseguró que yo estaba predestinado a llegar al nirvana de los insectos.

Salí de la celda por patas, intentando hallar en mi cerebro una mentira piadosa para poder contarle a su pobre padre.

Cuando iba a cruzar la puerta precipitadamente, me tropecé con una larva, discípulo del gurú, que me entregó un puñadito de tierra y se marchó sigilosamente como si temiera ser descubierto.

¿Qué ridícula ofrenda me habían hecho?, me pregunté mientras bajaba del árbol. Y tiré la tierra.

Otra vez en el hormiguero, me pegué una ducha de

agua fría alarmado. De repente había tenido la extravagante idea de que si me concentraba, podría levitar.

Más sereno, me fui al hospital a visitar a la lombriz convaleciente. Los médicos pronosticaron su mejoría y me dieron permiso para interrogarla.

Le llevé un ramo de raíces y le pregunté si se acordaba de lo que había sucedido.

Pero la lombriz no quiso decir nada.

En ese momento, sin embargo, llegó la enfermera con la bandeja del almuerzo. Al ver la comida, un montoncito de tierra idéntico al que me había regalado el discípulo del gurú, comprendí que aquella larva deseaba decirme algo importante. Algo que, ahora, yo empezaba a ver claro...

Contraté los servicios de un vidente de renombre para hacer llegar a la larva un mensaje por viaje astral.

Le proponía que mañana, durante su paseo en ayunas, nos citáramos en la piña más alta del árbol.

A la hora convenida, apareció el discípulo larva.

Precavidamente, me explicó que la lombriz del hospital también pertenecía a la secta de la Gran Crisálida. La oruga gurú le había lavado el cerebro para convencerla de que ella también se convertiría en mariposa.

Sin embargo, una noche leyó en la enciclopedia de la biblioteca que las lombrices mueren en la tierra.

Desengañada de la vida, la lombriz escapó de la secta.

El resto de la historia ya la sabía.

Llevada por su desespero, se había encerrado en un cuartucho de un motel barato con un anzuelo y había intentado quitarse la vida.

Aquella secta destructiva no podía seguir predicando por más tiempo, sentencié.

Conseguí una orden de registro del nido de procesionarias. Y descubrí que, en realidad, la secta era una tapadera de otros turbios negocios.

Obligaban a los discípulos a hilar capullos durante horas y horas sin cobrar un céntimo, con el pretexto de que esa labor los purificaba. Luego, el gurú vendía los capullos a fábricas de seda sacando un enorme beneficio.

La oruga procesionaria fue detenida y confinada entre rejas.

A la lombriz la dieron de alta y recibió tratamiento psicológico para que no volviera a ensartarse en un anzuelo.

Respecto a la gusanita de seda, su padre, el industrial textil, le pagó una carísima desprogramación de cerebro y actualmente es una ejecutiva de una empresa que cotiza en Bolsa dedicada a la exportación de jalea real. «Otro tipo de secta...» pensé irónicamente, rascándome las antenas. Caso cerrado.

EL CASO DEL ROBO AL BANCO DE PROTOZOOS

AQUELLA tarde de domingo llevé a mis sobrinos —dos larvas de hormiga— al circo que se había instalado en la ciudad.

Primero visitamos a varios fenómenos como el escarabajo forzudo y la abeja barbuda. Después entramos a la carpa para ver la función.

El jefe de pista —un moscón con frac y chistera— anunció con gran pompa la actuación de los chinches acróbatas.

Sus piruetas dejaron admirados a todo el público.

Seguidamente hizo su aparición el temerario domador de alacranes, quien nos mantuvo en vilo obligando a pasar por el aro en llamas a aquellas temibles bestias o metiendo después la cabeza entre sus cortantes pinzas.

Tras los aplausos de rigor, un redoble de tambores anunció el número del lanzador de aguijones: un arácnido gitano con los ojos vendados que intentaría clavar certeramente sus dardos alrededor de la silueta de una bella langosta.

Sonaron nuevas ovaciones cuando finalizó con éxito sus lanzamientos.

De repente se apagaron las luces y un foco iluminó un cañón. A continuación apareció el fabuloso saltamontes-bala con su casco y su capa. Se introdujo por la boca del cañón y un gran «¡Ohhh!» de admiración salió de la garganta de los espectadores cuando cruzó toda la carpa para caer en una red situada en el otro extremo.

Tras los aplausos, el saltamontes-bala se quitó el casco y saludó agradecido. Curiosamente, llevaba la cabeza vendada.

Luego les tocó el turno a las cucarachas listas que realizaron complicadas operaciones aritméticas sin equivocarse ni una sola vez.

Por supuesto, no pudo faltar el circo de pulgas adiestradas, las cuales realizaron triples saltos mortales desde los trapecios.

Los asistentes redoblaron los aplausos mientras yo no paraba de rascarme, fruto de mi sugestión, al ver tanta pulga saltando.

La función circense acabó con el plato fuerte: el número de los chihuahuas amaestrados. Una garrapata hacía sonar su látigo y los chihuahuas levantaban las patas, iban a buscar un hueso o se sentaban sobre unos taburetes con la lengua fuera.

Al salir de la carpa compré dos nubes de polen azucarado para mis sobrinos larvas y volvimos a casa.

A la mañana siguiente, yo dormía a pierna suelta en mi cama cuando sonó el despertador, una cigarra enana que tenía sobre la mesilla de noche.

Lo agarré de un manotazo y lo estrellé contra la pared. Pero aquel no era el ruido que me había despertado. Entonces me percaté de que mis antenas continuaban zumbando. Por tanto, era una llamada de comisaría.

Allí me informaron de que durante el fin de semana habían robado la cámara acorazada del Banco Hipotecario de Protozoos.

Me vestí inmediatamente, le di una aspirina al despertador, a quien le dolía todavía la cabeza por el golpe recibido, y me presenté en la sede del banco.

Profundamente afectado, el director general, una gran ameba transparente, me contó que el empleado encargado de abrir la puerta encontró la cámara acorazada perforada.

Y habían desaparecido todos los lingotes de oro allí guardados.

Por ese motivo, ahora mismo el banco estaba a punto de quebrar.

Le prometí a la ameba que atraparía a los delincuentes y empecé por interrogar a los guardias de seguridad. Los habían encontrado amordazados en los lavabos. Habían sido neutralizados con unos dardos soporíferos.

Me explicaron que no habían tenido tiempo de ver nada puesto que fueron atacados por la espalda.

Intenté revisar entonces las grabaciones de las cámaras de televisión del circuito cerrado. Pero la cinta había desaparecido.

Seguidamente examiné la claraboya del techo por donde habían entrado los ladrones tras romper los barrotes.

Previamente habían desconectado la alarma introduciéndose en el ordenador central del banco y al final habían perforado la cámara y la habían limpiado de lingotes.

El trabajo, sin lugar a dudas, era obra de profesionales. No encontré huellas dactilares, ni objetos abandonados, ni otro rastro que me condujera a pista alguna.

No descarté la posibilidad de que los ladrones contaran con un cómplice en el interior del banco.

Hice interrogar a todos los empleados. Desde los ciempiés contables al plácton que se dedicaba al servicio de limpieza. Pero tras investigarlos a todos, no dimos con nadie sospechoso.

Entonces examiné los alrededores del banco. Estaba revisando el callejón trasero del edificio cuando de repente resbalé.

Me miré la suela del zapato y descubrí una mancha que olía mal. Volví a mirar con atención el callejón y hallé unas cacas extrañas.

Las mandé analizar y lo que descubrí me dejó realmente asombrado.

Pero entonces se me abrieron los ojos y vi con toda claridad cómo se había cometido el robo.

Sin perder un instante volví al recinto del circo instalado en la ciudad con una orden de registro. Bajo el carromato del jefe de pista hallé los lingotes de oro robados.

Un instante después ordené encerrar a toda la banda organizada: los artistas del circo.

¿Cómo pude saber que eran ellos los ladrones del banco?

Lo descubrí por las cacas. El informe que dejé sobre la mesa del comisario en jefe explicaba con claridad cómo habían sucedido los hechos.

Las cucarachas listas habían conseguido entrar en el ordenador del banco desconectando la alarma. El domador de alacranes utilizó una de las fieras para cortar los barrotes de la claraboya. Seguidamente se descolgó el lanzador de aguijones —el arácnido gitano— que neutralizó a los vigilantes. Posteriormente, las chinches acróbatas bajaron las piezas del cañón con el que el saltamontes-bala perforó la cámara acorazada. Por eso llevaba la cabeza vendada cuando saludó tras su actuación. Las pulgas trapecistas se encargaron de ir subiendo el botín hasta la claraboya. Y, antes de abandonar el banco, se llevaron la cinta grabada. La banda huyó con el vehículo que tenían aparcado en el callejón, uno de los chihuahuas, con cuya caca, como ya dije, yo resbalé.

Así pues, las cacas los delataron.

El moscón jefe de pista era el cerebro de la operación. Quien lo había ideado todo. No siempre había trabajado en el circo. Era un antiguo empleado de banca. Aquel circo nunca más volvió a actuar en la ciudad. Caso cerrado.

EL CASO DE LA DUQUESA POLENSKA

AÚN saboreaba el éxito conseguido con la detención de la banda del circo, cuando recibí un encargo de la duquesa Polenska.

La aristócrata iba a celebrar un cóctel de altas personalidades en su mansión y deseaba que me hiciese cargo de la seguridad.

Acababa de salir del mundo del circo para meterme en otro espectáculo, no menos fantástico: el de la alta sociedad.

La vida de un inspector, reflexioné, tiene esos contrastes. Y sin dudarlo dos veces, cogí mi gabardina decidido a no perderme aquella función.

La duquesa, una viuda negra que había heredado de su difunto marido una impresionante colección de pinturas, deseaba mostrar a lo más selecto de la ciudad su nueva adquisición pictórica: un cuadro de Toulouse-Luciérnaga, comprado en una subasta internacional por una suma astronómica.

Cuando llegué, me despojó de la gabardina un criado, y pude contemplar obras de Mantis Matisse,

Vincent Van Gorgojo, Pablo Moscasso, Tijeretto, Salvador Escorpí y otros famosos pintores de todas las épocas.

Luego admiré la nueva adquisición.

Poco a poco fue llegando la flor y nata de nuestra ciudad, encabezada por la realeza: la reina hormiga y la reina abeja, con sus respectivas comitivas.

También acudieron el actual alcalde —una araña de jardín socialista—, el embajador de las hormigas rojas, aristócratas como lord Termita y lord Enjambre, e insectos magnates de la talla de Wallace Hormiga Junior, quien controlaba el monopolio de migas de pan de los picnics de los humanos.

No podía faltar a la recepción el mundo intelectual, cuyo máximo exponente era un sociólogo que había escrito un importante ensayo sobre la lucha de clases en las colmenas. O el gran poeta Rubén Lombriz, quien no paró de firmar ejemplares de su último libro *Yo canto al néctar de las flores*.

Cerraban esta galería de distinguidos personajes el prestigioso grillo cirujano que había realizado el primer trasplante de antenas con éxito. Y, por supuesto, el afamado músico Johann Sebastián Bacbosa.

La velada la amenizó la Jazz Chicharra Band. Y los canapés y el ponche de jugo de pulgón estuvieron a la altura de las circunstancias.

Me hallaba conversando animadamente con un tarántulo, director de cine, interesado en llevar a la gran pantalla mis casos policiales, cuando la duquesa Polenska reclamó la atención de los reunidos para presentarnos al profesor Hipnosis, un famoso gusano con turbante que iba a amenizarnos la velada con sus poderes hipnóticos.

Tras los habituales aplausos, el gusano hipnotizador solicitó un par de voluntarios. Una coqueta mariquita actriz de cine, a la que le encantaba llamar la atención, se apresuró a salir de entre el público. El gusano, entonces, pidiendo también la asistencia de un caballero, me miró y me rogó que participara en el experimento.

Ante la insistencia de los reunidos, no pude rechazar tal invitación.

Tras un momento de concentración, el profesor Hipnosis nos sumió en un sueño profundo, según me contaron después con gran jolgorio. Y cuando pronunció la palabra «MOSCARDA», la mariquita y un servidor empezamos a zumbar imitando la danza del moscardón.

Después imitamos a una mosca frotándose las manos y aún divertimos un buen rato más al públi-

co realizando un simulacro del ritual amatorio de los caracoles.

Finalmente, el gusano exclamó la palabra «ARTRÓPODO» y despertamos perplejos sin entender por qué los presentes se tronchaban de risa.

Salvo aquel lamentable espectáculo, la recepción de la duquesa Polenska fue un éxito rotundo, y todo el mundo la felicitó efusivamente antes de marcharse.

Comprobé, entonces, si todo continuaba en orden, y yo también abandoné la mansión satisfecho de mi trabajo.

A la mañana siguiente, sin embargo, me llamó la duquesa, alarmadísima, suplicándome que acudiera inmediatamente a visitarla. Alguien había entrado en su mansión para robar.

Me temía lo peor, la desaparición de su reciente adquisición: el cuadro de Toulouse-Luciérnaga. Pero el robo nada tuvo que ver con los cuadros. Visiblemente afectada, la duquesa me contó que le habían robado todas sus joyas, según parecía valoradas en una gran fortuna.

Aquel desafortunado suceso era algo muy delicado. Yo era el encargado de la seguridad de la mansión y el robo se había cometido prácticamente ante las narices de altas personalidades. Si no descubría pronto al culpable, mi reputación quedaría por los suelos y lo más probable sería que me cesasen de mi cargo.

No perdí el tiempo y empecé las investigaciones por la caja fuerte. La habían abierto limpiamente, sin dejar ninguna huella, por lo que se trataba de la obra de un ladrón de guante blanco.

Seguidamente interrogué a los criados escarabajillos y a las seis avispas negras, vigilantes de seguridad. Me llamó la atención que todos ellos tuvieran la cabeza espesa. En la cocina del servicio, revisé la cafetera y ordené analizar los restos de su contenido.

No tardaron en comunicarme desde el laboratorio, que habían encontrado restos de un narcótico.

Eso demostraba que el ladrón había asistido también a la recepción de la duquesa Polenska. En algún momento de la velada, el delincuente había entrado discretamente en la cocina e introducido el narcótico en la cafetera que utilizaba el servicio.

Entretanto, me dediqué a revisar el sistema de alarma y encontré un cable del exterior limpiamente cortado.

Lo inspeccioné detenidamente y comprobé que la herramienta utilizada para segar el cable eléctrico era unas mandíbulas... Unas mandíbulas de hormiga, para ser más exactos, ya que hallé en el cable restos de ácido fórmico, sustancia que sólo segregan las hormigas.

Repasé la lista de invitados a la fiesta. Sólo asistieron diez hormigas: la reina con su séquito, Wallace Hormiga Junior —el magnate de las migas de pan—, un periodista del *Daily Hormiguero* y yo mismo.

Descarté a la reina y a un servidor como posibles sospechosos. De manera que debía interrogar a los miembros del séquito real, al magnate y al periodista.

Decidí empezar por el reportero. Pero antes de

abandonar la mansión, ordené a mis agentes que batieran los alrededores por si hallaban alguna nueva pista.

Ya estaba llegando a la sede del *Daily Hormiguero* cuando me zumbaron las antenas.

Uno de los agentes había encontrado al jardinero de la mansión desvanecido en el suelo de su caseta. Se trataba de una vieja cigarra a punto de jubilarse y con reuma.

Una vez reanimado, el viejo jardinero contó que durante la madrugada había oído ruidos, como si alguien merodeara fuera. Y al asomarse a la ventana vio claramente a una hormiga que pasaba junto a la caseta para saltar la verja.

La vieja cigarra, nerviosa, se disponía a comunicarlo cuando pisó el rastrillo sin darse cuenta y el mango le golpeó la cabeza.

Me rasqué una de mis extremidades pensativo. Aquello significaba que el ladrón había vuelto de madrugada a la mansión para poder culminar su labor delictiva.

La vieja cigarra no quedó atontada por el café narcotizado, verificó el agente, por la sencilla razón de que esa noche tomó té.

Inmediatamente ordené a mi subordinado que llevara al viejo jardinero a comisaría para que describiese a la hormiga y se confeccionara un retrato-robot.

Mientras entraba en el *Daily Hormiguero*, repasé los hechos. El ladrón había narcotizado el café de los criados escarabajillos y las avispas vigilantes justo antes de que se acabase la fiesta.

Posteriormente había vuelto a la mansión, había cortado con sus mandíbulas la alarma y se había colado dentro, seguramente utilizando una ganzúa, pues no hallamos ninguna puerta o ventana forzadas.

Me centré de nuevo en el periodista del *Daily Hormiguero*. Resultó tener una buena coartada. Después de la fiesta de la duquesa Polenska, había ido a cubrir un reportaje en un tablao donde actuaba el Niño de la Col, un famoso ciempiés cantaor de flamenco. Muchos insectos noctámbulos podían atestiguarlo.

Cuando llegué finalmente a comisaría, las cosas se precipitaron de una forma inesperada.

Entré en mi despacho y encontré sobre la mesa el retrato-robot del presunto ladrón que, según las descripciones del viejo jardinero, la policía había dibujado. Me quedé de piedra. ¡Delante de mis narices tenía un retrato muy exacto… ¡de mi mismo!

De repente oí voces y unos pasos que se dirigían hacia mi despacho, al tiempo que el comisario en jefe —un colérico coleóptero— pronunciaba mi nombre enfurecido.

Tuve el tiempo justo de salir por la ventana y escabullirme antes de que me detuvieran.

Aturdido, sin entender nada de lo que estaba sucediendo y con las sirenas de los coches patrulla silbándome en las antenas, decidí esconderme en un cine de mala muerte.

De repente me había convertido en el sospechoso número uno del espectacular robo de joyas. Le di vueltas y más vueltas al asunto en la oscuridad del cine sin hallar ninguna respuesta lógica.

En algún momento de mis cavilaciones, reparé en la película que se proyectaba en pantalla: *El Termitero en Llamas*. La protagonista del filme, casualmente, era la mariquita coqueta que había sido hipnotizada por el gusano con turbante, el profesor Hipnosis.

Me quedé con la boca abierta. De repente empezaba a encajar todo.

Sin perder un instante, salí del cine y me metí en una cabina. No quería llamar con mis antenas, por si la policía me las hubiera pinchado.

Llamé al tarántulo director de cine, que había conocido en la fiesta de la duquesa, y le prometí la exclusiva de mis casos si me conseguía la dirección de la mariquita actriz.

Me la dio sin ningún problema; eso significaba que aún no había corrido la noticia de que yo estaba en busca y captura.

Me desplacé hasta el domicilio de la actriz y, tan pronto me abrió la puerta, exclamé: «¡MOSCARDA!». Inmediatamente la mariquita empezó a zumbar la danza del moscardón.

La saqué de aquella ridícula situación pronunciado: «¡ARTRÓPODO!» y despertó de pronto.

Eso demostraba que el truco de la hipnosis todavía funcionaba.

Sin darle más explicaciones, la agarré del brazo y la metí dentro del apartamento. Allí le conté todo lo ocurrido y, excitadísima, se empeñó en acompañarme a detener al profesor Hipnosis, el culpable del robo de las joyas.

—No hace falta correr tanto —le dije con

mirada astuta—. Él acudirá a nosotros para recuperarlas…

Y, a continuación, le expliqué cómo debía ayudarme.

Como esperaba, no tardaron en zumbarme las antenas. Descolgué y una voz penetrante, desde el otro lado del teléfono, dijo: «¡MOSCARDA!» Al instante caí en trance.

Pero la mariquita, como le había dicho antes, me susurró al oído «ARTRÓPODO» y volví a mi sano juicio.

Acto seguido escuché atentamente las instrucciones que me estaba dando la voz al otro lado del hilo.

—Encontrará una llave de más en su llavero. Esa llave abre una consigna de la estación central. Dentro están las joyas. Tráigalas esta noche al almacén numero tres del muelle. A las nueve en punto.

Y, fingiendo voz de hipnotizado, afirmé haber comprendido.

Fui rápidamente a la estación central y, efectivamente, encontré dentro de la taquilla las joyas robadas.

Después, a la hora convenida, llegué al lugar de la cita. Entré caminando como un sonámbulo para no levantar sospechas.

Dentro del almacén, sin embargo, quedé sorprendido. No hallé, como esperaba, al profesor Hipnosis —el gusano con turbante—, sino a Wallace Hormiga Junior, ¡acompañado de la mismísima duquesa Polenska!

No imaginaban que hubiese salido del trance gracias a la ayuda de la mariquita, de manera que habían caído en su propia trampa.

Saqué el arma y les pedí amablemente que levantaran las manos. Por si acaso, llevaba unos tapones en los oídos, no fuera que pronunciaran la palabra «MOSCARDA».

Ya en comisaría, no hizo falta hipnotizar a la duquesa para que confesara.

Declaró avergonzada que decidió robarse ella misma las joyas para cobrar la importante suma del seguro. Llevaba un tren de vida demasiado alto... Además, Wallace Hormiga Junior, su amante, estaba arruinado, pues los ingresos de migas en los picnics habían caído en picado desde que los humanos habían construido una carretera entre el hormiguero y el prado.

Así que Wallace y la duquesa habían preparado detalladamente la manera de cometer el delito.

En mi informe detallé los pormenores del caso.

La duquesa me contrató para quedar a salvo de sospechas y para realizar el trabajo sucio del robo. Ella se limitó a narcotizar el café de criados y vigilantes. Y Wallace Junior se encargó de llamarme de madrugada para susurrarme la palabra mágica y darme las instrucciones para robar las joyas y esconderlas a continuación en la consigna de la estación. El profesor Hipnosis no tenía nada que ver con los acontecimientos, simplemente sirvió para que los delincuentes utilizasen su truco. El resto es ya conocido. Caso cerrado.

Llevaba mucho tiempo persiguiendo criminales, de manera que me había ganado un buen descanso. No dudé en llamar a la mariquita actriz, pronuncié la palabra «MOSCARDA» y me la llevé a pasar unas vacaciones románticas mientras zumbaba la danza del moscardón.

ÍNDICE

Barcelona, la ciudad de los jardines con chimenea
Joan de Déu Prats
Ilustraciones: Lluís Filella

Los casos del inspector Hormiga
Joan de Déu Prats
Ilustraciones: Dani Giménez

La Patrulla Pesquera
Jack London

La verdadera historia de Pinocho
Joan de Déu Prats
Ilustraciones: Marta Brú

San Jorge, el Dragón y la Princesa
Josep Lorman
Ilustraciones: Lluïsot

GENTE Y LUGARES DE BARCELONA

Gente y Lugares de Barcelona
LA RAMBLA
Joan de Déu Prats
Ilustraciones: Pilarín Bayés